OLIVIER BERLION

LA COMMEDIA DES RATÉS

PREMIÈRE PARTIE

D'APRÈS UN ROMAN DE
TONINO BENACQUISTA

DARGAUD

PARIS • BARCELONE • BRUXELLES • LAUSANNE • LONDRES • MONTREAL • NEW YORK • STUTTGART

Merci à Mario et Christine, enfants du pays de Sora et chers à mon cœur.
Merci à Tonino pour sa confiance sans faille.

Olivier

Adaptation de l'œuvre de Tonino Benacquista, **La Commedia des ratés**
© Éditions GALLIMARD, 1991

www.dargaud.com

© DARGAUD 2011
Première édition
Imprimé sur un papier issu de forêts gérées durablement.
Tous droits de traduction, de reproduction et d'adaptation strictement réservés pour tous pays.
Dépôt légal : février 2011 • ISBN 978-2205-06355-4
Imprimé et relié en France par PPO Graphic, 91120 Palaiseau

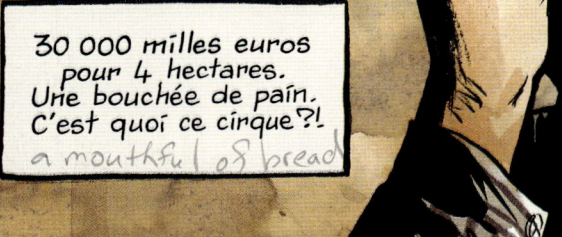

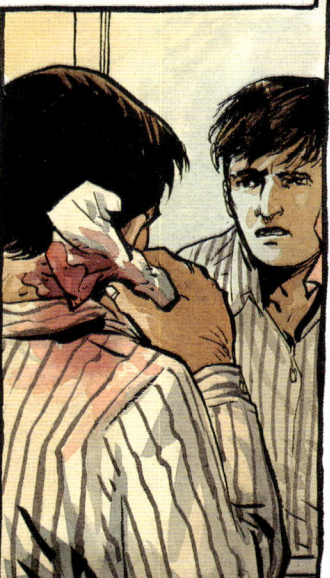

Au début, j'ai pensé à un frelon!

La blessure était superficielle. J'ai fini par stopper l'hémorragie qu'aucun frelon au monde n'aurait pu déclencher.

Il y avait un impact dans l'étagère du salon.

Et une balle dans l'impact.

?!

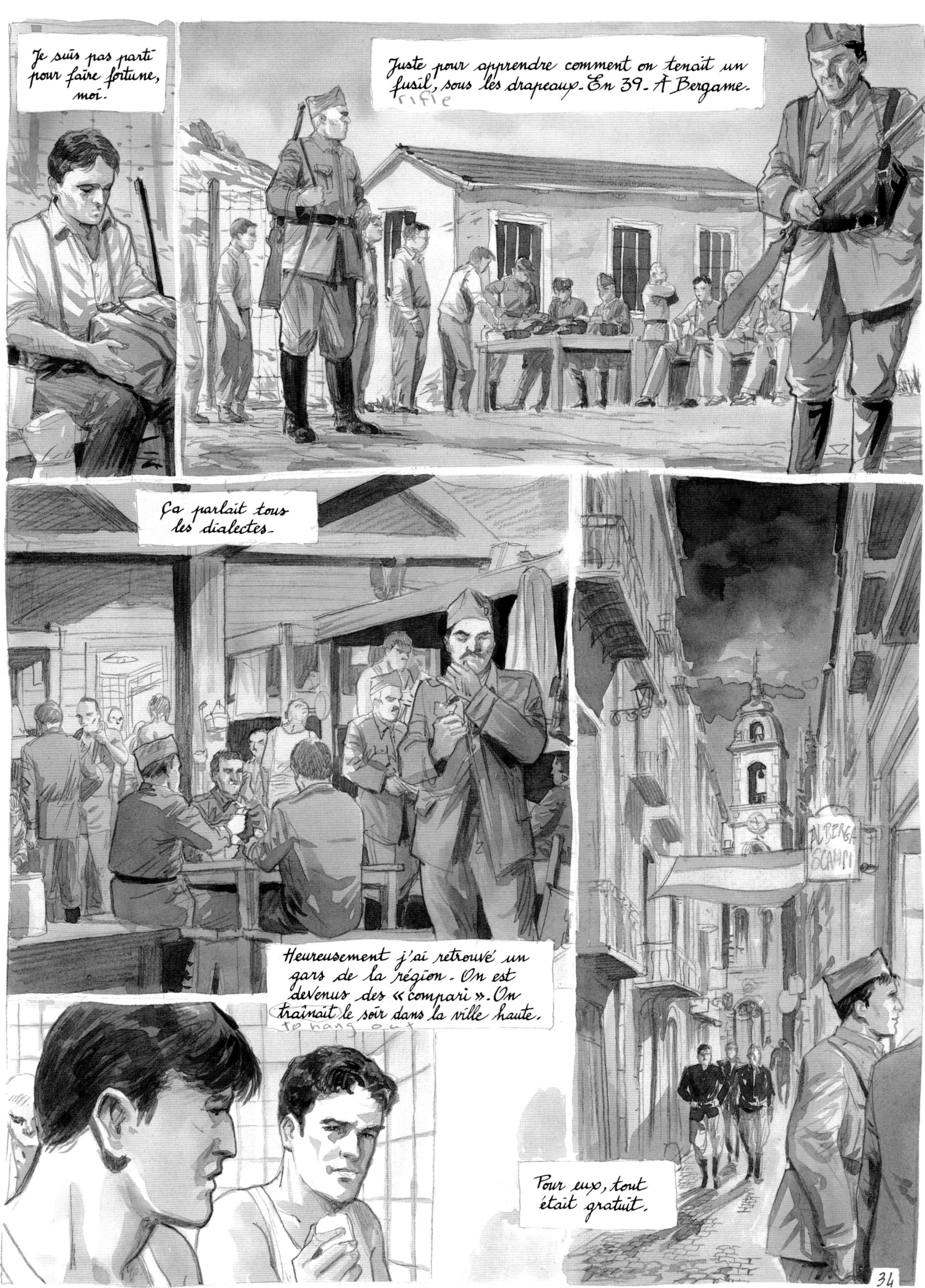

Attenzione! Il Colosseo!

Six heures est le meilleur moment de la journée. L'heure où l'on ose sortir dehors pour se mêler aux autres. Où l'on supporte le tissu d'une chemise, un verre de rosé à la main.

Ce n'est pas si différent de ce que j'ai connu étant gosse. Je me sens moins intrus qu'à mon arrivée.

Sous ce terrain il y a quelque chose de caché, c'est sûr!

Un trésor... Des lingots qui datent de la guerre...

Les cadavres de trente personnes disparues... Les preuves irréfutables de la culpabilité de plein de gens...

Des choses qu'il ne faut pas déterrer.

Quelque chose qui peut me coûter une balle de 9 millimètres dans la tête...

Le voilà...

Quatre hectares qu'on peut entourer d'un seul regard...

Le topo du Porteglia était clair et synthétique : fils de bonne famille, études d'œnologie à Paris, il souhaitait désormais se lancer dans le métier.

JE ME SUIS PROMENÉ ET SUIS TOMBÉ SUR VOTRE VIGNE...

EXACTEMENT LA SITUATION QUE JE SOUHAITE POUR MON FUTUR VIN. LA SURFACE AUSSI. PAS PLUS DE 10 000 BOUTEILLES PAR AN.

IL FAUDRA SE PASSER DES TROIS PROCHAINES RÉCOLTES, CONSTRUIRE UNE NOUVELLE CAVE. EN REPARTANT DE ZÉRO, JE PEUX EN TIRER UN BON PETIT VIN QUI DIRA SON NOM.

MAIS JE NE VOIS PAS POURQUOI JE VOUS RACONTERAIS LE DÉTAIL...

JE VEUX CETTE VIGNE, MONSIEUR POLSINELLI !

CECI EN PLUS DU DOUBLE DU PRIX AU MÈTRE CARRÉ, SI VOUS VOUS DÉCIDEZ AUJOURD'HUI.

BONJOUR !

?!

RANGEZ ÇA TOUT DE SUITE !

PERSONNE NE VOUS EN DONNERA PLUS.

ET SI JE VOULAIS EN FAIRE DU VIN, MOI !

VOUS PLAISANTEZ ?

JE PLAISANTE.

MADEMOISELLE QUADRINI, IL VOUS RESTE DU VIN COMME CELUI D'HIER ?

MONSIEUR PORTEGLIA ET MOI, NOUS ALLONS BOIRE UN PETIT VERRE POUR FÊTER SA VENUE.

HEU... NON MERCI... IL EST BIEN TROP T...

VOUS ALLEZ TRINQUER AVEC MOI !

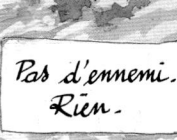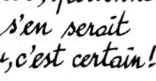

Le paradis...?

Qu'est-ce que je fais là?... Et Sant'Angelo qui se fout de ma gueule.

À moins que je sois sous sa protection, désormais...

Ces madriers, cette fissure pas comme les autres... Sacré Dario!

Pas la moindre trace de l'aveugle aux alentours. Qui sait si je lui dois la vie à lui aussi.

La voiture de Porteglia avait disparu. Seules quelques traînées de sang, le sien, le mien, à l'endroit où nous étions tombés...

De quoi manger dans le frigo, et le lit est fait Bianca

J'avais deux jours devant moi pour filer à Rome. Le temps de trouver les documents nécessaires et mettre au clair le plan de ce cinglé de Dario.

Je pars quelques jours, mais je serai de retour pour fêter le gonfalone. Antonio

OLIVIER BERLION

CHEZ DARGAUD

LA COMMEDIA DES RATÉS (première partie) d'après Tonino Benacquista

LA COMMEDIA DES RATÉS (deuxième partie) d'après Tonino Benacquista (à paraître)

LE CADET DES SOUPETARDS (10 tomes) avec Corbeyran

CŒUR TAM-TAM avec Tonino Benacquista
collection Long Courrier

GARRIGUE (2 tomes) avec Corbeyran

LIE-DE-VIN avec Corbeyran
collection Long Courrier

ROSANGELLA avec Corbeyran
collection Long Courrier

TONY CORSO (5 tomes et une intégrale)

CHEZ D'AUTRES ÉDITEURS

LE KID DE L'OKLAHOMA avec Elmore Leonard
Casterman

SALES MIOCHES (Tomes 1 à 5) avec Corbeyran
Casterman

DESTINS (Tome 8) avec Frank Giroux et Denis Lapière
Glénat

HISTOIRES D'EN VILLE (3 tomes et 1 intégrale)
Glénat